LOLA

Meir Shalev

Traducción: María Asunción Mayor

www.entrelibroseditorial.com

Una vez...
apareció un huevecito en la cabeza de un niño.

El niño era pequeño pero el huevecito lo era más.
De hecho, era muy, muy pequeño. Súper pequeño.
¿Qué podía salir de ese diminuto huevo?
¿Un pollito? ¿Un cocodrilo? ¿Una vaca? ¿Un ratón?
¡Nada de eso!
De un huevo tan pequeño sólo podía salir un piojo.

El niño se llamaba Andrés y el piojo se llamaba Lola.
Lola, la piojita.
Lola salió del huevo y fue a dar un paseo por la cabeza de Andrés.
Por el camino se encontró con su familia y con muchos amigos. Todos estaban muy contentos de verla y la llamaban para que se quedara:
—¡Eh, Lola, ven a sentarte y a comer con nosotros!

Pero Lola no quería perder tiempo y subió hasta lo más alto de la cabeza de Andrés atravesando un bosque de pelo. Después giró a la derecha y empezó a bajar. Caminó, caminó y caminó hasta alcanzar la frente de Andrés.

—He llegado muy lejos. Estoy en su ceja. Lola se agarró fuerte a un pelo y miró hacia abajo. ¡El mundo estaba a sus pies!

—Tengo que visitar más sitios, conocer gente y verlo todo —exclamó Lola.
—No seas tonta —le dijeron los demás piojos—. No pierdas la cabeza.

—Pero yo no quiero vivir toda mi vida en el mismo sitio —explicó ella.
—El mundo está lleno de enemigos —le advirtieron los otros piojos.

—Te encontrarás con padres enfadados, uñas que rascan, peines muy finos y champús venenosos. Todo el mundo nos odia. Quédate aquí y ¡estate quieta! Pero la piojita Lola respiró hondo y dijo:
—Quiero conocer el mundo.

Justo antes de que Andrés se fuera a la cama, su madre le miró el pelo.

—¡¡Cielos!!—gritó.
Arrastró a Andrés al cuarto de baño y le empapó la cabeza con su propia receta antipiojos: mayonesa, alcohol y polvos de talco. Después lo peinó con un peine muy, muy fino. Lola echó a correr y se escondió detrás de la oreja.

Aquella noche, mientras Andrés se rascaba la cabeza, Lola estaba sentada, charlando con sus amigos piojos.
—¡Qué merienda tan rica nos dieron hoy!
—dijo riendo un viejo y sabio piojo.

—Yo —dijo un piojo pequeño- estuve una vez atrapado en un gorro de baño mientras me empapaban de jabón líquido, mantequilla de cacahuete, cerveza y quitamanchas.

—Esto no es nada —intervinó un piojo gordo—. A mí, un día me untaron con aceite de oliva, vino blanco, ajo, nuez moscada y orégano. ¡Estaba delicioso!

—Yo no quiero que nadie me odie —dijo Lola y agregó—: No quiero que me llamen parásito.
—No te enfades, pequeña —le recomendó el piojo viejo y sabio—. Este mundo está lleno de parásitos.
—Y todos llevan gérmenes —añadió el piojo gordo.

Al día siguiente Lola fue a la guardería.

Saltó de la cabeza de Andrés a la de Martín.
De Martín a la maestra.
De la maestra a Álvaro.
De Álvaro a Claudia.
De Claudia a Silvia.
De Silvia a Pablo.

Saltaba y saltaba de una cabeza a otra.
Lola era una piojita muy curiosa y con
muchas ganas de aprender.
De Pablo saltó al papá de Laura.
Y de allí saltó a la cabeza del tío Miguel.

El tío Miguel era soldado y estaba en el ejército.
Muy pronto Lola descubrió tres cosas acerca de él:
Llevaba casco.
Llevaba el pelo muy corto.
No era muy listo.

Lola lo pasó muy mal con las tres cosas. Decidió que dejaría el ejército a la primera oportunidad.

El viernes, el tío Miguel volvió a casa. Se duchó, se cambió de ropa, descansó un rato y se fue al supermercado.

Lola miró a su alrededor. Cerca del mostrador de quesos había una chica muy bonita. Vaya, de verdad que era muy bonita, con aquel pelo rizado.

El tío Miguel también se había fijado en la chica. Así que se acercó y empezó a hacerle preguntas:

—¿Qué hora es?
—¿Qué haces esta noche?
—¿Nos conocemos?
—¿Puedo acompañarte hasta tu casa?

La chica, molesta, le contestó al tío Miguel:
—Piérdete, piojo.

El tío Miguel se desanimó, pero Lola no.

Saltó hacia adelante, como les gusta hacer a los piojos, y aterrizó en su nuevo hogar, en lo más alto de la cabeza de la chica bonita. Se llamaba María.

María era lista y bonita. Además, era amable y divertida. Era azafata.

Aquella noche, María y Lola fueron al aeropuerto. Lola estaba entusiasmada. "Ahora sí que veré mundo", pensó.

Durante dos semanas, Lola viajó gratis a lo largo y a lo ancho del mundo. Encontró piojos de todas clases y visitó ciudades preciosas y llenas de encanto.

Niza, Saigón, París, Nairobi,
Londres...
Durmió en hoteles de lujo y caminó por calles famosas.
Fue a los museos, al cine y al teatro.

Lola estaba encantada.
Cada día visitaba una tienda diferente.

Un día un senador subió a bordo de un avión.

Se sentó, se abrochó el cinturón y pidió algo para beber.
Cuando María le preguntó: "café o té", Lola aprovechó para saltar a su cabeza.

Y de esta manera pasó a formar parte del gobierno.

Ahora Lola podía decidir cosas muy importantes en el mundo de los piojos.
Ascendió parásitos.
Escuchó secretos de estado.
Saludó a muchos niños.

Un día, en una reunión muy importante, el senador levantó la mano para rascarse la cabeza y ¡todos creyeron que levantaba la mano para votar!
¡De esta forma el presupuesto del estado se aprobó por un voto de diferencia!

Otro día, el senador fue a la televisión
para una entrevista.
Le maquillaron, peinaron, y le entregaron
las preguntas.
El presentador quería saber muchas
cosas:
Sus viajes más recientes.
Sus planes para el futuro.
Sobre temas económicos.
Y sobre las próximas elecciones.

Desde lo alto de la cabeza del senador, Lola dió un gran
salto y aterrizó en la cabeza del presentador.

Esta vez Lola se convirtió en presentadora. Cada noche, cuando el famoso presentador entrevistaba a sus invitados, ella se sentaba en su cabeza y presentaba a sus propios personajes.

Todos los piojos se sentaban delante del televisor para ver el programa de Lola la piojita.

El programa de Lola se llamaba: La hora del piojo y tuvo invitados muy importantes.

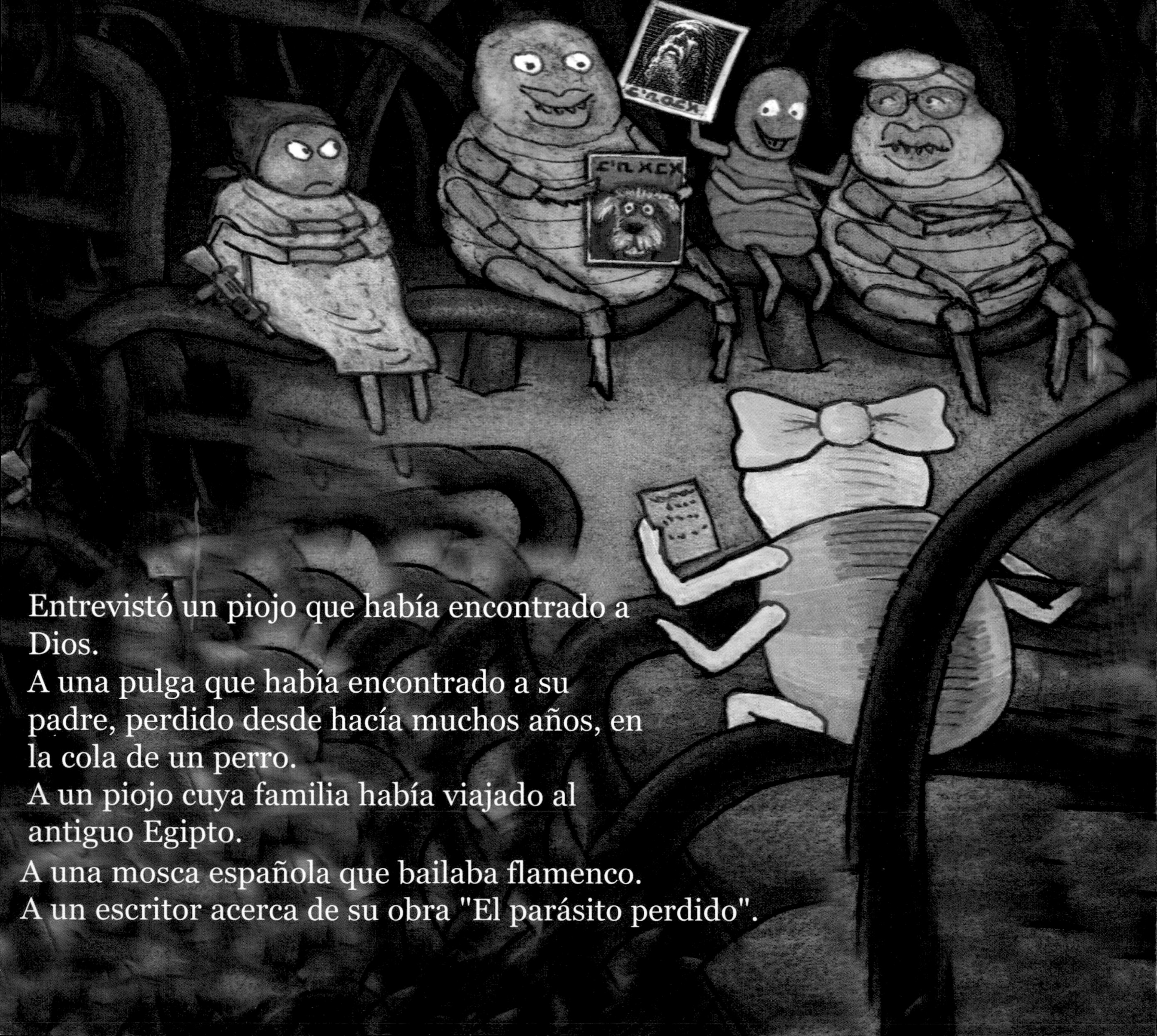

Entrevistó un piojo que había encontrado a Dios.
A una pulga que había encontrado a su padre, perdido desde hacía muchos años, en la cola de un perro.
A un piojo cuya familia había viajado al antiguo Egipto.
A una mosca española que bailaba flamenco.
A un escritor acerca de su obra "El parásito perdido".

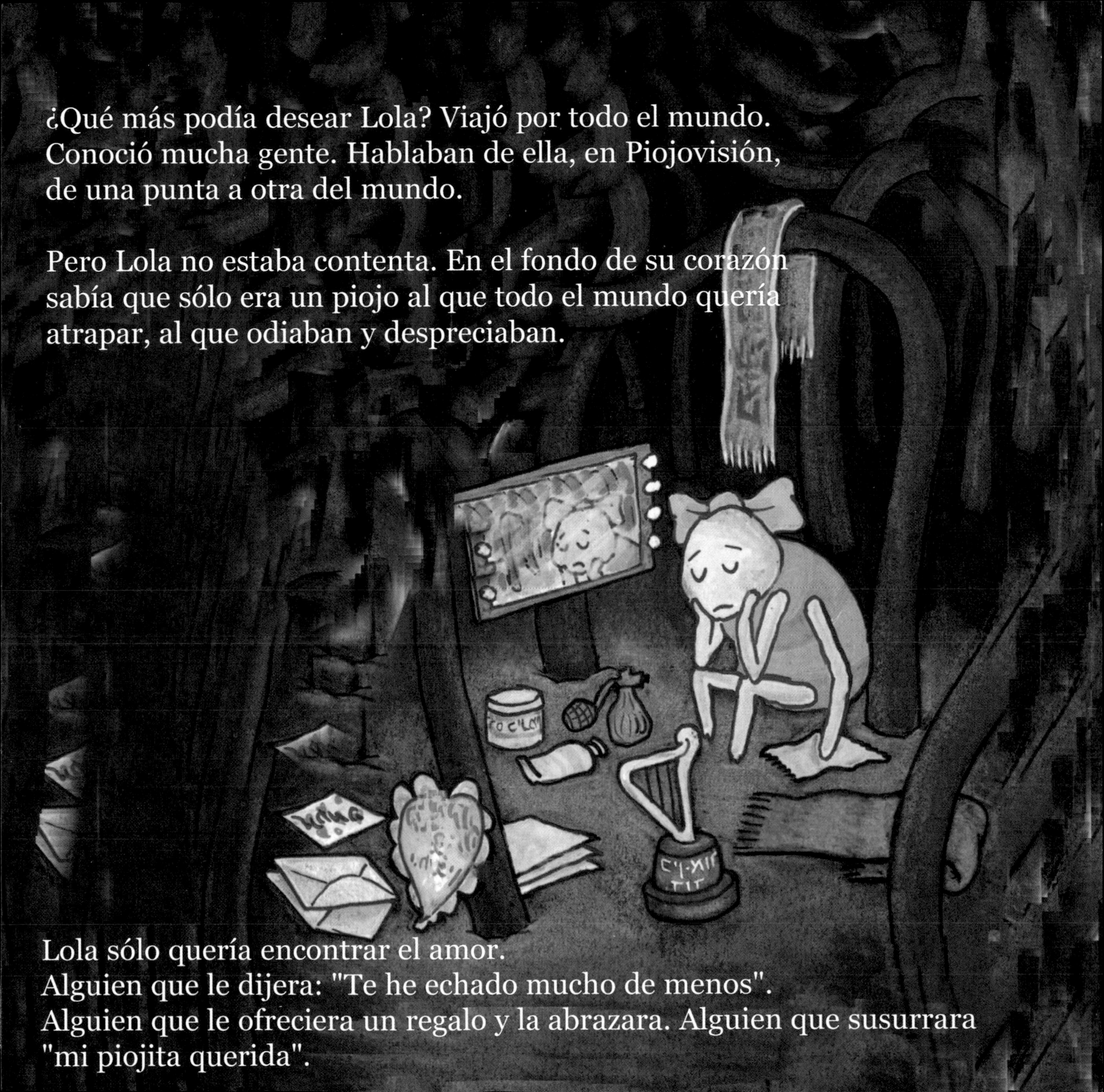

¿Qué más podía desear Lola? Viajó por todo el mundo. Conoció mucha gente. Hablaban de ella, en Piojovisión, de una punta a otra del mundo.

Pero Lola no estaba contenta. En el fondo de su corazón sabía que sólo era un piojo al que todo el mundo quería atrapar, al que odiaban y despreciaban.

Lola sólo quería encontrar el amor.
Alguien que le dijera: "Te he echado mucho de menos".
Alguien que le ofreciera un regalo y la abrazara. Alguien que susurrara "mi piojita querida".

Y un día, por equivocación, Lola aterrizó en una cabeza muy rara.
Era una cabeza calva, sin un solo pelo.
El hombre se rascó la cabeza y se miró en el espejo.
Lola se asustó y empezó a temblar. ¡No había ningún lugar donde esconderse! Se dijo a sí misma: "Ha llegado mi fin."

Pero el hombre la miró atentamente y le sonrió, con una gran sonrisa, una sonrisa amable y cálida, llena de bondad.
—¡Tengo un piojo! —gritó con alegría.
—¡Soy como los demás! ¡Yo también tengo piojos! Mi querido piojo, mi pequeña mascota.

Así que Lola se quedó con el hombre calvo y se convirtió en su mascota. Comía de su plato, bebía de su vaso y patinaba en su calva.

Y así fue que el cariñoso hombre calvo y Lola la piojita vivieron felices...

Título original: A louse named Thelma

Primera edición: septiembre 2007

ISBN: 978-84-96517-32-5